CW00839712

Concepción M. Miralles (Murcia, 1962), es psicóloga y escritora. Autora del libro de relatos "Periodo azul" (Amazon, 2015).

Bajo el nombre de Concha Martínez Miralles publicó "El prisma" (Premio Gabriel Sijé de novela corta 1999), la colección de relatos "No olvide que usted va detrás" –Editora Regional de Murcia, 2006-, el libro de poemas "Libertad condicionada" –Torremozas, 2008-, y la colección de cuentos infantiles "Yo cuento, tú cuentas... con números y letras" –Servicio de Publicaciones de la Consejería de Educación de Murcia, 2009-.

Sus relatos y artículos forman parte de diversas antologías y revistas literarias y especializadas.

Como psicóloga y orientadora educativa ha publicado artículos, guías y documentos relacionados con la Educación.

Es miembro fundadora de las tertulias de Literatura y Psicoanálisis "Deletreados", y de la Asociación Psicoanalítica de orientación lacaniana Espacio Clínico de Murcia.

EL GALLO FILIPO

Y OTROS CUENTOS REBELDES

CONCEPCIÓN M. MIRALLES

CreateSpace Publishing (An Amazon Company). USA.

1ª edición, noviembre de 2017.

Ilustraciones: Belén Vidal Pardo.

Maquetación y diseño: Alejandro Hernández Martínez.

PRÓLOGO

Este libro es la recopilación de 36 composiciones literarias, entre cuentos breves y poemas, pensados inicialmente para el divertimento y disfrute de niños, pero que acaban prestándose igualmente a complacer y hacer reflexionar a los mayores.

Piensa la autora que la infancia no es necesariamente sinónimo de un estado de paz, felicidad, docilidad y bondad, sino un tiempo de ensayo y descubrimiento en el que con frecuencia las cosas no tienen un final feliz y lo prohibido ejerce una atracción irresistible, y es en este lado desconcertante, extraño e inquietante de la niñez, donde nacen y se desarrollan estas historias.

A decir verdad, en casi todos los cuentos o poemas hay algún elemento de frustración, incluso de rebeldía, algo que rompe con el paradigma de una infancia de anuncio publicitario. Por eso, en estos bosques y jardines, podrán encontrar a un alegre caracol que acaba siendo aplastado por un enorme zapato, a dos hojas amigas que no pueden emprender el vuelo juntas con el aire de otoño, a una niña que esconde un escalofriante secreto, o a todo un gallinero sublevado a su rey.

Acompañando a las palabras de Concepción M. Miralles están las personales y sugerentes ilustraciones de Belén Vidal, de fuerte singularidad. Composiciones en blanco y negro de minuciosa pincelada, vigorosas y sin las típicas animaciones infantiles, que refuerzan el sentido de ambigüedad e incertidumbre y contribuyen a crear atmósferas de sutil y rara belleza.

Sensible y conocedora de los elementos gráficos que facilitan la lectura a las personas con dislexia o dificultades lectoras, por trabajar durante años con alumnado que presenta dificultades en el aprendizaje de la lectura, la autora ha tenido en cuenta la elección de la tipografía y elementos gráficos facilitadores para ellos, como son el tamaño, el interlineado y el interespaciado de letras.

ÍNDICE

EL GALLO FILIPO

Era el rey del gallinero. Su cresta roja imponía mucho; parecía una corona. Y luego estaba ese porte elegante y altanero. Y además nació con esa cosa de saludar al sol… En fin, que era especial y por eso era el rey.

Filipo fue un rey muy mandón, que exigía que todos en el gallinero –que básicamente eran las gallinas- hicieran lo que él mandaba. Bueno, al menos eso se creía él, que era especial… Porque cuando las gallinas se pusieron a pensar, pensando, pensando, vieron que no tanto.

Un día que el gallo Filipo andaba tan gallardo dándose un paseo por el campo se reunieron las gallinas en secreto, y encontraron que todas tenían un don especial.

- Yo tengo un ojo de cada color.

- ¡Soy nieta de una gallina famosa en el pueblo entero porque dio un caldo riquísimo!

- ¡Y yo pongo huevos de dos yemas!

- ¡Pues yo cacareo con mucho arte!

¡Resultaba que no era sólo el gallo el especial!

Como todo era cierto, decidieron en asamblea que todas en el gallinero eran iguales, por ser todas diferentes, incluido el gallo, que no por ser gallo iba a mandar más que nadie y sobre todas las demás. ¡Faltaría más!

Desde entonces los gallos -por supuesto- siguen teniendo cresta y cantando al amanecer, pero quedó bien claro que eso lo hacen por gallos y no por reyes.

EL VALS DE LAS HOJAS

Las hojas del árbol

bailan con los vientos.

El viento del sur,

moreno y caliente,

trae semillas tiernas

de malawi y kiwano

y sonidos de tambores

para bailar descalzo.

El viento del norte

es blanco y suave

como piel de oso

o pluma de ave.

Viene con las prisas,

y da mucha risa

dar vueltas y vueltas,

gira que te gira,

mientras el corazón de la hoja

tiembla y se agita.

El viento del este,

de aromas lejanos viene cuajado.

Sonidos de flauta del cañaveral

con suave brisa oriental

silban en las ramas

y aunque no lo sepa

el ney con dulzura

rememora el mar.

Bajo la sombra del árbol

la novia y el novio

se dan un abrazo.

El viento del oeste
es el más tardío
y vuela empapado
de esencias marinas.

Es un buen galán
de ojos azul claro,
y tierno enamorado.

Solloza hasta el tronco
cuando da su abrazo.
Beben las raíces
de sus labios sabios.
Se ponen las hojas
limpias y bonitas.

Uno, dos y tres,
ocho, cinco y cuatro.

El vals de las hojas
comienza despacio.

Sin prisa, sin orden,
amarillas, ocres,
doradas de luz,
crujientes de sol,
tejiendo una alfombra
para que también, abajo,
bailen mariquitas
con escarabajos.

LA MARIQUITA Y SU BODA

A la mariquita se le había declarado el escarabajo regalándole un anillo de semillas valiosas. ¡Ay, qué alegría! La besó en los labios y el corazón se le encendió de amor. Estaba tan feliz que enseguida se lo contó a sus dos mejores amigas, la araña saltadora y la hormiga faraón.

Quería estar hermosa en su próxima cita, así que a pasito despacio se acercó hasta el charco. Se miró en sus aguas. Se lamió sus patas con mucho cuidado. Allí reflejada se veía realmente bonita. La oruga moruna, viéndola radiante, le dijo envidiosa:

Estás muy rechoncha. Para la boda tendrás que adelgazar. Además, ese vestido rojo de lunares negros que siempre llevas puesto ya está pasado de moda.

La mariquita hizo el camino de vuelta muy preocupada. *Puede que la oruga tenga razón* – pensó. Pero, ¡ay!, ella no sabía dónde podían hacerle un vestido nuevo para la boda, ¡y los pulgones estaban tan ricos!

HOJA LIBRE, ¿DÓNDE VAS?

Volando la lleva el viento
a las praderas o al mar
y mientras vuela su vuelo
ve a los pájaros volar.

Golondrinita del aire,
¿viste una hoja pasar?

Sí que la vi volando
mientras yo me dirigía
a otras tierras a emigrar.

Gentes de las otras tierras,
¿visteis a la hoja libre
y a los pájaros llegar?

No sabemos qué decirte,

con lo que hay que trabajar

no mirábamos hacia el cielo

ni reparamos en eso.

Estrellas del firmamento,

luna, reina de la noche,

perla que enamora el mar.

Nubes que viajáis tan lejos,

nunca me hagáis olvidar

que hasta la hojita que vuela

es digna de contemplar.

EL SUEÑO DE DOS HOJAS AMIGAS

Llevaban tramándolo todo el verano.

Dos hojas que vivían en el mismo árbol y eran muy amigas decidieron desprenderse juntas, a la vez, de la rama que las sujetaba. Ellas habían visto en un día de viento un puñado de hojas volar juntas, como en pandilla.

Pensaban que burlando al árbol que las retenía conseguirían cumplir el dorado sueño de las hojas en otoño: emprender el vuelo y ver un poco de mundo antes de morir. Se ayudaron un poco con su delicado ápice hasta conseguir caer al suelo. Había unas nubecillas esperanzadoras en el cielo. Sólo faltaba que ocurriera el milagro…

Mientras esperaron al pie del árbol tuvieron

que soportar la reprimenda que éste les echó por haberse escapado de sus ramas cuando todavía no era el tiempo.

Una ráfaga de aire llegó de repente. ¡Por fin podrían volar como los pájaros! Las dos hojitas contuvieron la respiración y se agarraron muy fuerte de sus peciolos para hacer el vuelo juntas. Pero el aire, ay, sólo levantó a una de ellas, que se elevó en lo alto sin poder hacer nada por su amiga, la hoja que se quedaba en tierra.

LA HOJA DE LANZA

Su forma era como la punta de una flecha. Ella nunca se había visto, pero una vez, un pájaro con mucho mundo que hizo nido en las ramas de su árbol se lo dijo. Le sopló al oído que ella era una hoja sagitada. Desde entonces supo cuál era su destino. Nada más tenía que esperar que un día llegara un viento lo suficientemente fuerte como para soltarla de su rama y darle impulso. Y ese día llegó pero, a pesar de sentirse dispuesta y preparada, la hoja sagitada no encontró durante todo su vuelo, que duró más de un día, ninguna diana en la que sintiera que debía hacer blanco.

HOJAS CAÍDAS

Encontraron un montón de hojas rojizas, como sangrientas, rodeando el tronco del árbol, que estaba completamente desnudo, desvalido, con los brazos levantados al cielo y los ojos extraviados y muy abiertos al sol.

Por más que lo intentaba, no recordaba lo que había ocurrido durante la noche, mientras dormía.

EL CARACOL EXPLORADOR

El rastro mojado

delata su paso.

Su baba suaviza

el camino llano.

Es el caracol,

serrano y cansado,

el que esta mañana

quiso hacer la ronda

por el huerto extraño.

Llegaron las lluvias,

y un poco de sol

lo animó a salir

de su cascarón.

Con sus dos antenas ,

los cuernos al sol,

Va Don Caracol

disfrutando atento

las cosas de Dios.

Se le antoja el mundo

brillante y perfecto,

tras la lluvia fresca

que el aire limpió.

Por la acequia corre

el agua muy limpia

Y, como un barquito

perdido en la mar,

una hojita tiembla

por el qué será.

Quién sabe el destino

adónde te lleva

-piensa el caracol-.

Va el aire o el agua

y te arroja lejos.

No existe la patria,

sino espacios hoy

y tiempos mañana…

Nunca te rebeles

- le sopla a la hoja

caracoleando la filosofía

que le canta el día-.

Déjate llevar,

pues el agua guarda

secretos de mar.

Allá donde quedes

buen compost harás.

De tu tierna esencia

nacerá otra vida.

Puede que algún día,

¡hasta coma yo!

-dice el caracol,

que de pronto cae

que de puro olvido

no desayunó.

Levantando antenas,

redonda y perfecta

encuentra una col.

Le da un bocadito,

¡qué rico manjar!

Está muy contento,

la vida lo mima.

El día es hermoso,

aunque, de repente,

una sombra enorme

todo lo oscurece.

Pasará muy pronto

-piensa el caracol-,

creyendo una nube

sobre su perol.

Es la perspectiva

que tiene el jardín.

Desde su intravida,

no se ve más mundo

que el de la naríz.

El sol allá arriba

mira a su criatura

comiendo feliz,

sin ver el zapato

que le viene encima.

La muerte y la vida,

gira que te gira.

ZAPATOS PARA UN CARACOL

El caracol no estaba conforme. Había nacido con un pie enorme con el que tenía que arrastrarse por todas partes, y nadie inventaba un zapato para él. No pedía mucho; con que tuviera una suela que lo protegiera le bastaba. Pero pasó tanto tiempo que le dio para imaginar cómo sería el mejor zapato para él.

Primero se imaginó un robusto zapato oscuro de piel que le duraría toda la vida, y estuvo por bastante tiempo conforme con esa idea. Pero luego pensó que, ya que su vida no sería muy larga, y puesto que su pie pisaba muchos tipos de suelo y veía a muchos tipos de seres, tendría que tener un zapato para cada ocasión. ¡Cómo no tener una sandalia fresca y ventilada para los días de calor!

También era oportuno un mocasín para ponerse en primavera. Y, ya puesto a desear, le resultaba del todo necesario disponer de, al menos, un zapato de tacón de corte salón con algún detalle coqueto en el empeine. Por lo que se pudiera presentar…

EL NIDO EN EL ÁRBOL

El árbol del huerto

se ha puesto contento.

Hoy tiene un secreto,

hoy guarda un tesoro.

Un pájaro alegre

construyó su nido

en el hueco hondo

que estaba en su tronco.

El árbol, dichoso,

se pone a silbar.

Sus hojas se excitan,

las ramas agita.

El aire se asoma y les da su voz.

La tarde se llena de trinos,

La noche de estrellas

que le parpadean.

El árbol del huerto,

con su nido nuevo

tiene corazón,

le late la vida.

Dentro de muy poco,

dentro de su nido

nacerán las crías.

El árbol del huerto

se siente una madre,

puede que una abuela,

porque ya es muy vieja,

con su pecho grande

dando su cobijo,

desprendiendo amor.

FIESTA EN UN NIDO

Entonces, cuando puso la última pluma, la pajarita dio por terminada su obra. Estaba muy satisfecha con su trabajo, tanto que decidió hacer una fiesta en la nueva y bonita casa antes de llenarla de huevos.

Estuvo toda la tarde muy feliz, preparando la merienda para los amigos que invitó, y a su cita no faltó ninguno. Acudieron puntuales mirlos, gorriones, golondrinas, estorninos, tórtolas, abubillas y palomas. Sólo había expresiones de admiración para el nido nuevo, sobre todo por el excelente acabado y las increíbles vistas que tenía. La noche era preciosa, con el cielo cuajado de estrellas y una luna llena que no se perdió detalle de lo que ocurría en el alero del tejado.

Lo pasaron realmente bien, trinando preciosas canciones y bailando el baile de los pajaritos hasta el amanecer. Dicen que algunos hasta se dieron piquitos de enamorados.

NIDOS EN EL CORAZÓN

Consultó con el médico lo que se notaba en el corazón, pero con los instrumentos de la ciencia no se vio nada.

Desde hacía un tiempo el ritmo de su corazón había cambiado. Ya no hacía "tic-tac", como un reloj, con su tranquilizadora monotonía de siempre. Era como si una música nueva se le hubiera metido dentro y hubiera alterado el compás. Como le dijeron que no era cosa de morir se relajó. Ella nunca tuvo buen oído, y le costaba hacerse con cualquier melodía nueva, pero puso todo su interés en averiguar qué se cantaba dentro de su cuerpo. ¡Al fin y al cabo se trataba de su corazón!

Tuvo que escuchar varias veces los acordes

para ir descubriendo todos sus matices. Su sensibilidad fue despertando y poco a poco su oído fue capaz de descubrir algo importante. Aquellas melodías nuevas, maravillosas, eran la música del amor, que estaba haciendo nidos dentro de su corazón.

LA SIESTA DEL GATO

El gato se ha ovillado sobre el sofá y dormita con la cabeza erguida y los ojos cerrados. Tal vez duerme; tal vez medita en las cosas de los gatos. El ratón que se vive en el hueco de la escalera lo lleva de cabeza. Le da mucho que pensar.

Con los ojos cerrados, el gato no mueve ni un solo pelo de su ovillo.

Cuando el ratón asoma su naricilla por la guarida, el gato no se altera ni abre los ojos, pero lo sabe; él espera… El ratón da con precaución un paso; el gato espera. Parece que duerme y sueña, pero sólo espera… El ratón da otro paso; el gato espera.

Cuando el ratón ya está en medio del salón,

el gato de pronto da un salto inesperado y en menos de un suspiro lo atrapa. Después, una vez solucionada la cuestión del ratón de la escalera, vuelve a ovillarse en el sofá y reanuda su siesta. Pero que nadie se crea que duerme del todo. Él duerme y espera.

la siesta

EL RONRONEO DEL GATO

Tuve una vez un gato gordo y blanco que se llamaba Kío, al que le gustaba dormir tomado en el regazo. Siempre vigilaba para hacerlo en el momento adecuado. Y así, tomado, era inevitable acariciarlo. Su mirada tierna y profunda invitaba; más que eso: hipnotizaba. Su caricia era suavemente recíproca.

Entonces ocurría que, estando tan a gusto bajo la caricia de mi mano, comenzaba a ronronear, y era el ronroneo una vibración que surgía desde lo más profundo de su ser y se irradiaba por todo él, se extendía a través de mi mano al interior de mi cuerpo, y ya dentro de mí se fundía con los latidos de mi corazón.

El ronroneo del animal era como esas ondas

concéntricas que surgen cuando se tira una piedra al agua, que primero son pequeños círculos, pero poco a poco se van haciendo más y más grandes... Así era aquel sonido hipnótico, tan ancestral y profundo que superaba enormemente el tamaño del propio gato. Y así, sin darnos cuenta, el gato y yo nos convertíamos en el centro de un universo extraño que sólo conocen los gatos, y las ondas expansivas del misterioso ronroneo ocupaban todo el espacio de la sala, el lugar donde estábamos los dos sentados y donde nada más hacía falta para ser y sentirse en una perfecta armonía.

ABRIL CON ALEGRÍA

Abril llega esplendoroso

a los prados y a las rosas.

La lluvia que le antecede

pone perfumes de novia

y apacigua hasta las penas

de los hombres y mujeres

con el corazón quebrado

por sufrimientos callados.

Hace en el alma una fiesta

de colores y de olores,

pues llegó la primavera.

Llena de flores el huerto,

cantan más alto los pájaros.

Embellecen las muchachas,

se hacen los mozos gallardos.

Destilan brillo los ojos

por el amor incendiados,

y hasta corren los bichillos

con alegría por los campos.

LA PALETA DE COLORES

Al principio aprendió a dibujar a lápiz. Entonces todos sus dibujos eran trazos oscuros sobre papel en blanco.

Luego, como le gustaba mucho, tomó clases de pintura.

La primera vez que cogió la paleta de colores no le salieron bien las mezclas, por eso el esbozo de jardín quedó emborronado y poco vistoso.

Pero, poco a poco, fue aprendiendo. Sobre todo se especializó en la gama de verdes, que le quedaban muy bonitos y variados, pero también manejaba con soltura los dorados, los azules y hasta el lila.

Cuando crecieron la lavanda y las violetas en

los parterres del fondo se emocionó. ¡Olían tan bien!

El jardín fue haciéndose muy hermoso. Se llenó de vida; casi parecía un bosque encantado. Los árboles crecieron mucho, se hicieron muy altos, y la sombra que daban era tan profunda que todo, de nuevo, volvió a ser allá abajo oscuro y sombrío. Entonces fue cuando, aprovechándose de las sombras, se internaron por los rincones más escondidos unos misteriosos seres que al principio no decían ni hacían nada, pero que luego resultaron ser gnomos y duendes, con muchas historias para contar. Al tiempo se supo que eso que contaban eran cuentos, y en ellos siempre estaba el bosque encantado.

EL TESORO ESCONDIDO

Su abuelo le dijo cuando era pequeño que en algún lugar de aquel bosque había un tesoro escondido. El niño, que jamás ponía en duda lo que su abuelo le decía, lo creyó. Desde entonces todos los días recorría sus sendas, se internaba en las cuevas, trepaba por los árboles, bebía de los arroyos, comía los exóticos y sabrosos frutos…

El bosque le fue revelando sus secretos y él fue forjando un espíritu sabio y paciente. De él aprendió a respetar la vida y a admirar la belleza y la bondad de la naturaleza. También aprendió a contemplar el firmamento, que era como un manto protector para su bosque y para su alma, donde presentía que estaban todas las preguntas y todas las respuestas de los hombres.

Cuando, un día al cabo de los años, vio a aquella muchacha tan hermosa bañándose en el río y brillando de luz como las hadas, se supo enamorado.

Sin duda, por fin, cuando apenas recordaba las palabras del abuelo, había encontrado el tesoro, ahora que ya era su momento, pues estaba preparado para recibirlo.

CANCIÓN PARA EL RUISEÑOR

En el zarzal espinoso,

quién sabe por qué será,

se para todas las tardes

un ruiseñor a cantar.

Tienen gotas de rocío

sus alas de gris metal.

Quizá las traiga del cielo,

plumas de ángeles serán.

En su cabeza de oro

y en su piquito de amor

guarda las notas que trina

el pequeño ruiseñor

Puede sonar melodías,

caricias al corazón

que ponen el alma alegre,

cerca, cerquita de Dios.

CONCIERTO DE UN RUISEÑOR PRESUMIDO

Estaba un ruiseñor cantando en lo alto de una rama. Lo hacía tan bien que todos los demás pájaros que había en el frondoso árbol se callaron para escucharlo. No sólo no podían competir con sus trinos, sino que era una tontería insistir en lo suyo y perderse aquel magnífico concierto.

Cuando terminó, el dorado ruiseñor hinchó su pecho y levantó el pico con orgullo. Era consciente de su hermosura, y también de que había cantado fenomenalmente bien. Ahora esperaba un gran aplauso. El auditorio de pájaros no sabía muy bien cómo hacerlo, así que todos a un tiempo batieron las alas fuerte, muy fuerte, y emprendieron el vuelo.

Aunque ya no había nadie en el árbol, el

ruiseñor, agradecido, inclinó su pequeña cabeza. Sin duda –pensó- soy el mejor. Justo estaba en ese pensamiento cuando, casualmente, se sorprendió reflejado en las aguas turbias de un charco.

EL ADIÓS

Los pájaros se preparaban para emigrar. El frío llegaría en pocos días, y no había más remedio que buscar otras tierras y otros cielos para sobrevivir. Ninguna golondrina, que se supiera, había desobedecido nunca ese principio elemental de su especie.

Pero la pequeña golondrina estaba triste; no quería marcharse. A ella le gustaba mucho el árbol donde había habitado, tan frondoso y acogedor; los paisajes que tantas veces había sobrevolado, las puestas de sol que se veían desde aquel mar que conocía tan bien...

La pequeña golondrina había hecho muchos y buenos amigos en aquella tierra que ahora tenía que dejar. Lo que más le entristecía era separarse de sus amigos. ¡Cómo abandonarlos a ellos!

Cuando toda la bandada ya estaba preparada, con las maletas listas para marcharse, las alas a punto y los pasaportes en regla, la pequeña golondrina no se decidía a levantar el vuelo…

Y en el último momento, cuando la triste golondrina se resignaba a dejar atrás todo lo que había amado en ese lugar, vio llegar a sus amigos, la alondra y el ruiseñor, con un regalo de despedida para ella: una bufanda y un gorro tejidos por sus picos para que se abrigara durante el largo viaje y los llevara en su recuerdo allá donde llegara.

DIÁLOGO ENTRE FLORES

Dice la rosa al clavel:

-De mi belleza sultana

no dices ni una palabra,

envidiosillo clavel...

Rojo de envidia te ves

y rabioso, con tus dientes

asomando por doquier.

Yo soy la reina del huerto

y el perfume en la mañana.

Emociono, al ser regalo

preferido de las damas

que ofrecen enamorados

envuelta en suave papel.

Delicado es mi aroma,

de terciopelo mi piel,

cualquier otra flor se queda,

a mi lado, en poco ser.

El clavel, más bien discreto

y sin querer ofender,

le dice a la altiva rosa:

De los dones que los cielos

otorgan a madre tierra

quizá seamos las flores

quienes mucho más la alegran,

pues llevamos la finura

en la esencia que nos es.

No te creas, querida rosa,

de todas la más hermosa,

que en colores y en aromas

los gustos son un vergel.

Resulta que hay quien prefiere

un ramito de azahar

por su pureza y poder,

que es su perfume bandera

de los jardines y mesas.

Y por sencillas que sean

las margaritas semejan

destellos del arco iris

prendidos de su botón.

No siempre lo más lujoso

es signo de exquisitez.

A unos les gustan las rosas,

a otros, un simple clavel.

No te pongas vanidosa,
florecita sin pudor,
que adornamos la hermosura,
pero también el dolor,
y es nuestra vida tan corta
que prefiero la armonía
a ver tu cruel desdén.

Lo bueno es que estamos
todas las flores para escoger.
El milagro, florecer.

QUE SI SÍ, QUE SI NO

Fueron cayendo, una a una, todas las hojas de la margarita. La niña iba diciendo anhelante: "Si", "No", a cada uno de los pétalos que arrancaba. Cuando quedaban pocos, calculó... ¡Qué disgusto! El muchacho que a ella le gustaba no la quería. Entonces frunció el ceño y, antes de confirmarlo arrancando la última hoja de la florecilla, la tiró al suelo y la pisoteó.

Como suele ocurrirles a las personas que se precipitan, la niña no escuchó el débil susurro de una pequeña hojita que estaba detrás de otra más grande, que con su impaciencia no había visto. El diminuto pétalo de la margarita todo lo cambiaba. Decía "¡Sí", pero ya era demasiado tarde.

MARIPOSA NERVIOSA

Mariposa nerviosa,

ahora te ves,

ahora no te ves.

Eres como las flores

pero con alas y miel.

Mariposa en reposo,

qué rara es.

Se mira en las flores

pero no se ve.

Si fueran su espejo

se vería en él

redoblando hermosura,

presintiendo su ser.

Risa del aire,

colorido vaivén.

Si trato de alcanzarla

vuela otra vez;

se escapa, se niega,

no quiere ser presa.

Mariposa nerviosa,

polvo dorado,

vuelo travieso,

sueño o aliento

de un ángel jugando.

KARINA, LA MARIPOSA CON PRISA

Era tan bonita, tan alegre y feliz, que todas las flores del jardín, cuando la vieron, quisieron ser sus amigas. Deseaban ser las elegidas para que se posara en ellas.

- ¡Ven a mí! –decía el jazmín.

- Anda, Karina, quédate un ratito conmigo... -suplicaba el alhelí.

- ¡Con nosotros!, ¡con nosotros!, ¡que tenemos el polen más dulce! –replicaban los lirios tentadores.

Pero la mariposa Karina siempre iba con mucha prisa. En realidad su visita a las flores se reducía a un rápido saludo. Se posaba un momento en ellas para libar un poquito de polen y enseguida se marchaba. Tenía una memoria fatal. Iba y venía y nunca se acordaba de la flor que ya había visitado o de la que le faltaba por saludar. ¡Eran tantas que no daba abasto!

Lo que siempre hacía –eso sí- era repetir su gracioso aleteo sobre las flores, como si fuera un beso. Y bastaba con el instante recibido en los pétalos de cada una de ellas para hacerles sentir una dicha infinita dentro de su corazón de flor.

Por eso las flores nunca se enfadan con las mariposas; todo lo contrario. También ellas están destinadas, al igual que las mariposas, a una vida muy breve y tienen mucha urgencia por expresar el don de su belleza. Ese es el secreto de su sabiduría tan especial: las flores saben que el soplo de belleza de las alas de una mariposa viene del cielo, y ellas mismas son un beso de ángel.

A LA GALLINITA LE QUIEREN QUITAR

A la gallinita le quieren quitar
los huevos que ha puesto
para merendar

¡Que no, que son míos!
dice sin parar,
¡Que no te los lleves,
que quiero empollar
y así, calentitos,
pollitos saldrán!

Seis pollitos nacen,
ya saben andar
y con su piquito
trigo comerán.

EL POLLITO VALIENTE

Estaba un huevo en su nido a punto de eclosionar. La mamá gallina pensó que le daría tiempo de ir a visitar a su vecina, una señora gallina con la que tenía un asunto pendiente, y dejó un momento al huevo sin vigilar.

Cuando el pollito rompió el cascarón y vio la luz se encandiló, pero luego vio el cielo azul, la verde hierba, el agua del río con su murmullo... Él no sabía lo que le esperaba allí afuera, pero lo que estaba viendo era mucho mejor que la oscuridad en la que había vivido dentro del huevo. ¡Qué luz!, ¡qué cielo!, ¡qué hermoso respirar y sentir el aire fresco!

La mamá gallina se apuró muchísimo cuando vio que el pollito había nacido estando tan solo y lloró porque sintió que su hijo sería un pollo raro. Pero el pollito se convirtió en un gallo muy libre y respetado. Recibía con su puntual canto al sol, y el sol le tenía mucha simpatía.

Fue tan listo que nadie consiguió cogerlo nunca de las plumas y meterlo en una olla para hacer con él un caldo o un cocido. Murió de viejo, con espolones. El día de su muerte no pudo cantar para dar la bienvenida al sol, y esa fue la pena con la que se marchó de este mundo.

LOS TRES REYES MAGOS

Los tres Reyes Magos

de Oriente vendrán.

Les traen a los niños cosas desde allá

¡Yo quiero muñecas!,

¡Yo un Spiderman!

¡Yo quiero vestirme como Superman!

Ya vienen los Reyes por el arenal,

van sus tres camellos cargados de más.

Llevan muchas cosas,

no se olvidarán

de los regalitos que te dejarán.

Pero vienen tristes,

pues no les pidieron lo fundamental:

- Que los ríos se vuelvan como de cristal,
que te veas en ellos y puedas mirar
una golondrina que volando va.
Que bajo los cielos reine sólo paz.
Que no estés malita, que puedas jugar
e ir al colegio, cantar y bailar.
Que llueva, que llueva, poquito a poquito
por aquí y allá.
Que salgan los vientos de Este y Poniente
sin enfurruñar.
Que los niños todos, de todo lugar
tengan una casa, su papá y mamá,
sus vestidos limpios, su trozo de pan.

LA NOCHE DE REYES

Era invierno, y en el jardín las plantas y los pequeños seres que lo habitaban estaban muy callados. Eso ocurre en el invierno, que todo el calor del cuerpo hay que concentrarlo bien adentro para aguantar con vida hasta que llega la primavera.

La ardilla cotilla fue la primera en notar que pasaba algo muy raro esa noche de invierno. ¿Qué pintaban, si no, aquellos tres camellos atados a la reja? Muerta se quedó cuando se fijó que, además, había tres tipos con capas y coronas, y otros tantos sujetos que hacían equilibrios con un montón de paquetes en sus manos. Era evidente que no querían hacer ruido para que nadie los viera…

Pensó que eran ladrones, que venían a robar

a la casa, pero ella había visto una vez a un ladrón entrar a la casa vecina y la cosa no pintaba así, ¡ni mucho menos!

La ardilla cotilla estaba tan sorprendida que se quedó muy quieta para no perder detalle de la misteriosa operación. Vio cómo entraron y cómo salieron por la puerta de la casa, que esa noche los señores dueños no habían cerrado con llave -¡qué casualidad!-. Por los cristales vio cómo dejaban los paquetes al pie del árbol lleno de adornos y cómo se bebían unas copas de licor. Se ve que llevaban sed...

Los tres tipos y sus ayudantes se marcharon de la casa sin llevarse nada, más contentos que unas pascuas, y luego hicieron lo mismo en todas las casas de la calle.

La ardilla cotilla todavía anda queriendo comprender tan gran misterio.

CONAN Y NALA

Dos perros guardan mi casa,

uno es Conan y otra Nala.

A Conan le gusta el chiche

y a Nala la sobrasada.

Son dos perritos traviesos

que siempre tiran el agua

y se escapan de paseo

por los huertos de patatas.

Mi vecino dice siempre:

¡Ata al perro o se la carga!

Y yo le digo tranquila:

¡no seas tan cascarrabias!

LADRIDOS EN LA NOCHE

No se supo por qué ladraban, pero lo hicieron durante toda la noche. Eran ladridos lastimeros, como un llanto acompasado. La noche era solemne, con una luna muy brillante cortada por la mitad, y todo lo demás estaba en profundo silencio.

Venida desde el mar soplaba una brisa suave, que se llevó prendida de su aliento los tristes ladridos de los perros. Atravesó con ellos montañas y campos, hasta llegar a la humilde casa de un pastor al que se le había muerto su más fiel amigo, el perro que le ayudaba desde hacía más de diez años a cuidar el ganado. El pobre pastor lloraba en silencio cuando creyó oír algo. Qué raro, que él supiera por allí no había otros, pero parecían unos perros ladrando…

SEA COMO SEA

Puede ser alto,
puede ser bajo.
Puede ser gordo,
puede ser flaco,
llevar bigote,
ser negro o blanco
Eso da igual...

Puede ser chino,
puede ser indio,
de Alcantarilla
o de Singapur.
Eso da igual...

Puede ser rico,

puede ser pobre,

tener tres coches

o marchar a pie.

Eso da igual...

Si tiene un hijo

o una hija,

si hay un pequeño

para cuidar,

es su tesoro,

lo más querido,

lo más valioso.

Daría su vida,

le da su pan.

Pone en sus ojos

cuando lo mira

cielo y estrellas,

ríos y mar.

¿Sabes quién es?

¡Es un papá!

EL ABRAZO

El niño no podía dormirse. No le dolía nada; tampoco tenía hambre. Ni siquiera había dormido la siesta ese día.

Todo estaba en orden: la ropa del día siguiente preparada sobre la silla, su mochila con las cosas del cole; los deberes hechos como dicen que Dios manda…

Pero el niño no podía dormirse. El sueño se le había escapado de los ojos y no sabía dónde podría encontrarlo. Las horas pasaban, todos menos él dormían en la casa, y el niño en su cama no sabía qué hacer. Tenía los ojos abiertos como platos en el fondo oscuro de la noche.

Era ya muy tarde cuando escuchó girar la

cerradura de la puerta. Luego, unos pasos andando por el pasillo… Se le aceleró el corazón. ¿Quién sería? Tuvo un poco de miedo. Hasta que… ¡Sí!, ¡por fin había llegado!

Cuando su padre le dio un abrazo sintió que la paz de los sueños tranquilos regresaba a su corazón de niño y vencía a sus párpados cansados. Su padre le había devuelto al fin el sueño, como un tesoro. ¡Quién sabe los peligros que habría tenido que vencer por él! Quizá hasta tuvo que luchar con un dragón, o contra algún monstruo de los que normalmente hacen maldades tan grandes como arrebatar el sueño a los niños...

LA VOZ

Le decía que se estuviera quieto, y el niño se estaba quieto.

Le decía que no tocara, y el niño no tocaba.

Le decía que hablara alto, y el niño hablaba alto.

Le decía que se callara, y el niño se callaba.

Le decía que sintiera, que pensara y amara como y a quien ella dijera,

y él desobedeció.

EL REFLEJO EN EL ESTANQUE

La niña se miró en el fondo del estanque y se vio jugando a las muñecas con un precioso vestido de flores y zapatos blancos.

Le pareció un poco raro que el vestido no estuviera ni mojado ni arrugado, y verse con el pelo tan brillante y sedoso, como si el agua no la mojara. También le extrañó un poco ver cómo su reflejo la llamaba, invitándola a jugar allí dentro, pero, por si acaso le regañaban, no se lo dijo a nadie.

LA ESCUELA DEL SOL

La luna lunera

no sabe contar,

no sabe las tablas

de multiplicar.

Las estrellas todas

a la escuela van

y el sol, su maestro,

les piensa enseñar

lo que son las horas,

sumar y restar,

y hasta la ley de la gravedad.

LO QUE PASA

Lo que pasaba era que la tortuga, el animal más viejo que vivía en el jardín, por los muchos años que tenía, se había dado cuenta de que todo pasa.

Un día que estaban haciendo un corrillo al sol dos hormigas obreras, la salamandra, el escarabajo patatero y la mariquita, creyó oportuno contarles lo que sabía.

"Todo pasa" –dijo muy solemne la tortuga. Después de estos días de calor vendrá uno con mucho viento, que arrancará las hojas de los árboles y los dejará pelados. Luego llegarán las lluvias, que pueden ser terribles. Nuestros amigos, los pájaros, aunque no os lo creáis ahora, se irán y no volveremos a verlos nunca más. Ni ellos saben todavía que lo harán, pero lo harán...

Luego vendrá el invierno. ¡Ya veréis lo mortal que puede llegar a ser! A veces no hay quien lo resista. Es un gran peligro. Todos los inviernos veo un montón de animalitos y plantas muertos por el frío.

Pero como todo pasa, el frío también se marchará y un día, de nuevo, amanecerá un día igual que este.

Después de su explicación, la vieja tortuga se alejó a paso lento por el camino que lleva a la leñera. Todos se quedaron con la boca abierta. Pensaron que aquello había sido un cuento de loca.

¡Vaya cosas que dice la tortuga! ¡Qué rara está! –dijo una hormiga.

Más que rara, está vieja. Ya chochea la pobre... –dijo la mariquita soltando una risita.

Printed in Great Britain
by Amazon